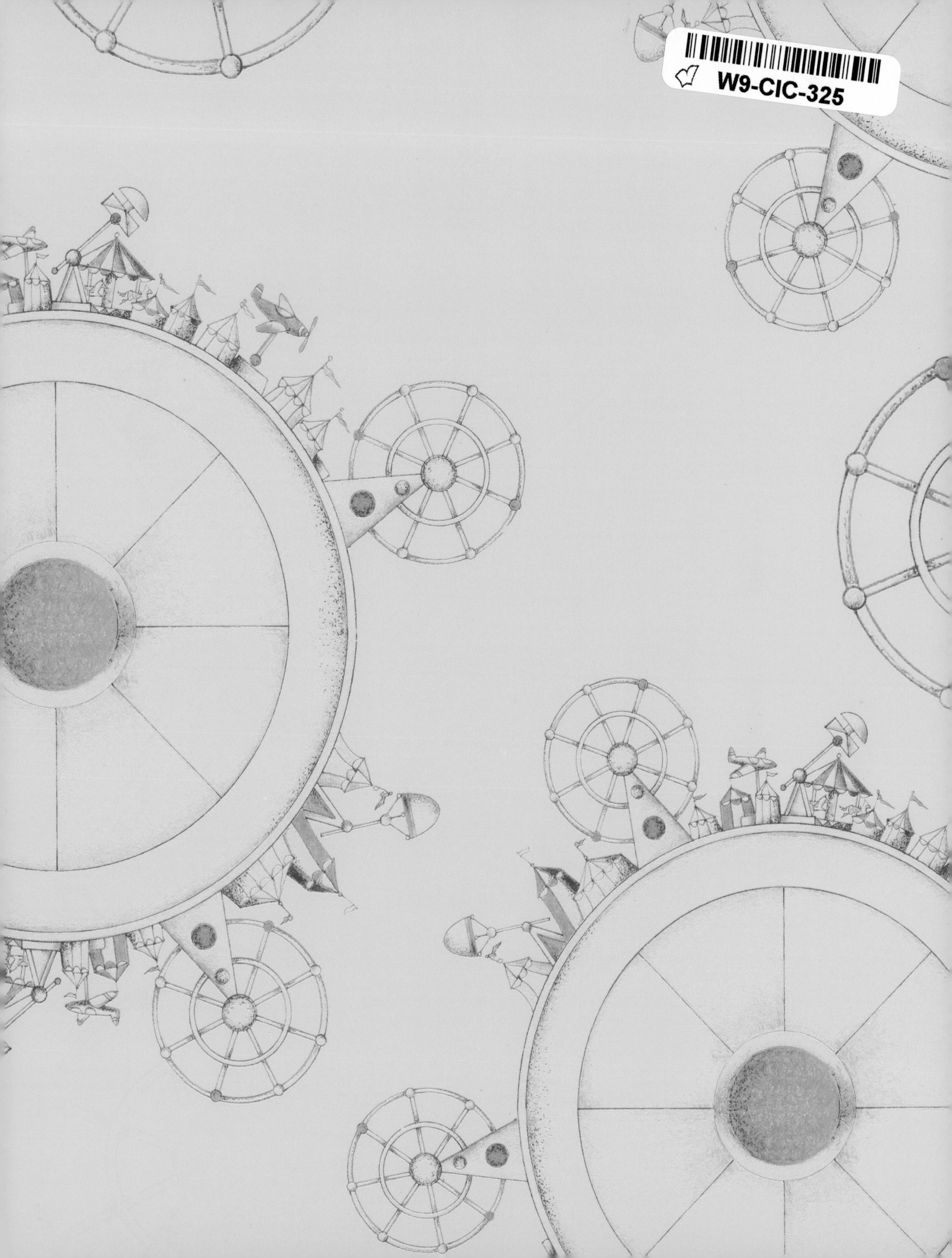

A Manuel, mi padre,
que me enseñó los secretos de la feria.
- Fran Nuño -

A L. Marina, por regalarme tu luz.
- Enrique Quevedo -

Luces de feria

Calle Claveles 10 | Urb Monteclaro | Pozuelo de Alarcón | 28223 | Madrid | España
www.cuentodeluz.com

ISBN: 978-84-15784-16-6

Impreso en PRC por Shanghai Chenxi Printing Co., Ltd., Marzo 2013, tirada número 1355-1

LUCES DE FERIA

FRAN NUÑO

ILUSTRACIONES: ENRIQUE QUEVEDO

Una vez, mi padre me llevó a una feria muy especial, muy lejos de casa. Nada más llegar, me pidió que moviera mis manos como un mago para que las luces se encendieran o apagaran a mi antojo.

—¡Es fantástico! —grité emocionado.

La primera atracción que visitamos
fue el tren de la *bruja*. Y, una vez *subidos*,
de repente empezamos a volar. Una niña dijo:
—¡La *bruja* ha *dejado* su *escoba* y ahora es
la maquinista!

¡Qué bonito se veía todo desde arriba!

1

En los autos de choque, nuestro coche se salió de la pista y estuvimos un buen rato paseando con él por el recinto de la feria.

Eso sí, ¡sin chocar con nada ni nadie!

Cuando llegamos a la montaña rusa descubrimos que arriba... arriba del todo... había mucha nieve, como si fuera una montaña de verdad.

Mi padre me dijo:
—Algún día subiremos hasta lo más alto, pero tendremos que ir muy abrigados.

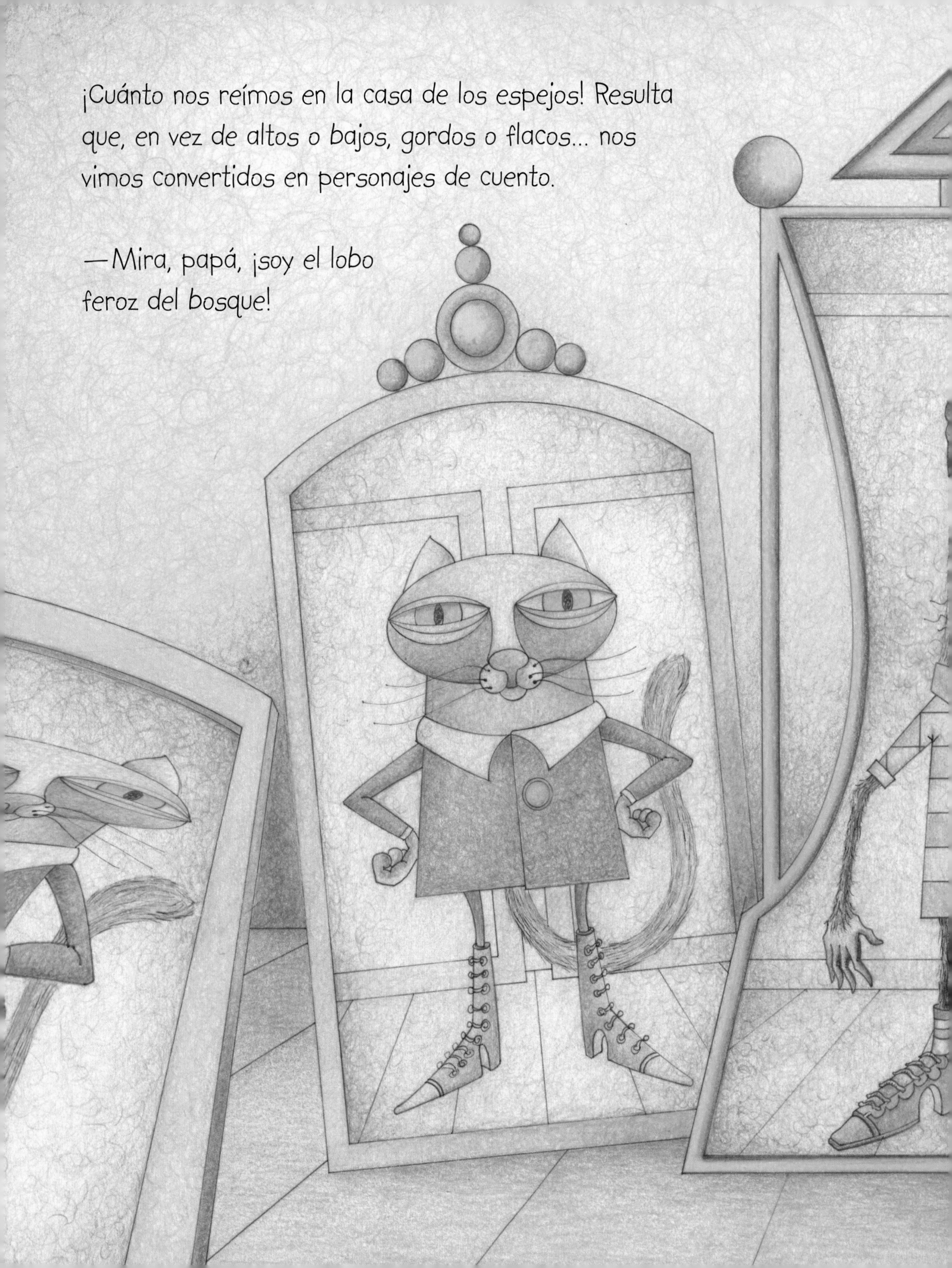

¡Cuánto nos reímos en la casa de los espejos! Resulta que, en vez de altos o bajos, gordos o flacos... nos vimos convertidos en personajes de cuento.

—Mira, papá, ¡soy el lobo feroz del bosque!

En el tiovivo nos subimos a dos caballos muy elegantes. Al bajarnos, mi padre me hizo una señal para que me fijara en sus herraduras. ¡Y qué sorpresa me llevé! ¡Estaban gastadas!

—Eso es porque, cuando nadie los ve, se escapan al campo para correr en libertad —me explicó de camino a las casetas de las tómbolas.

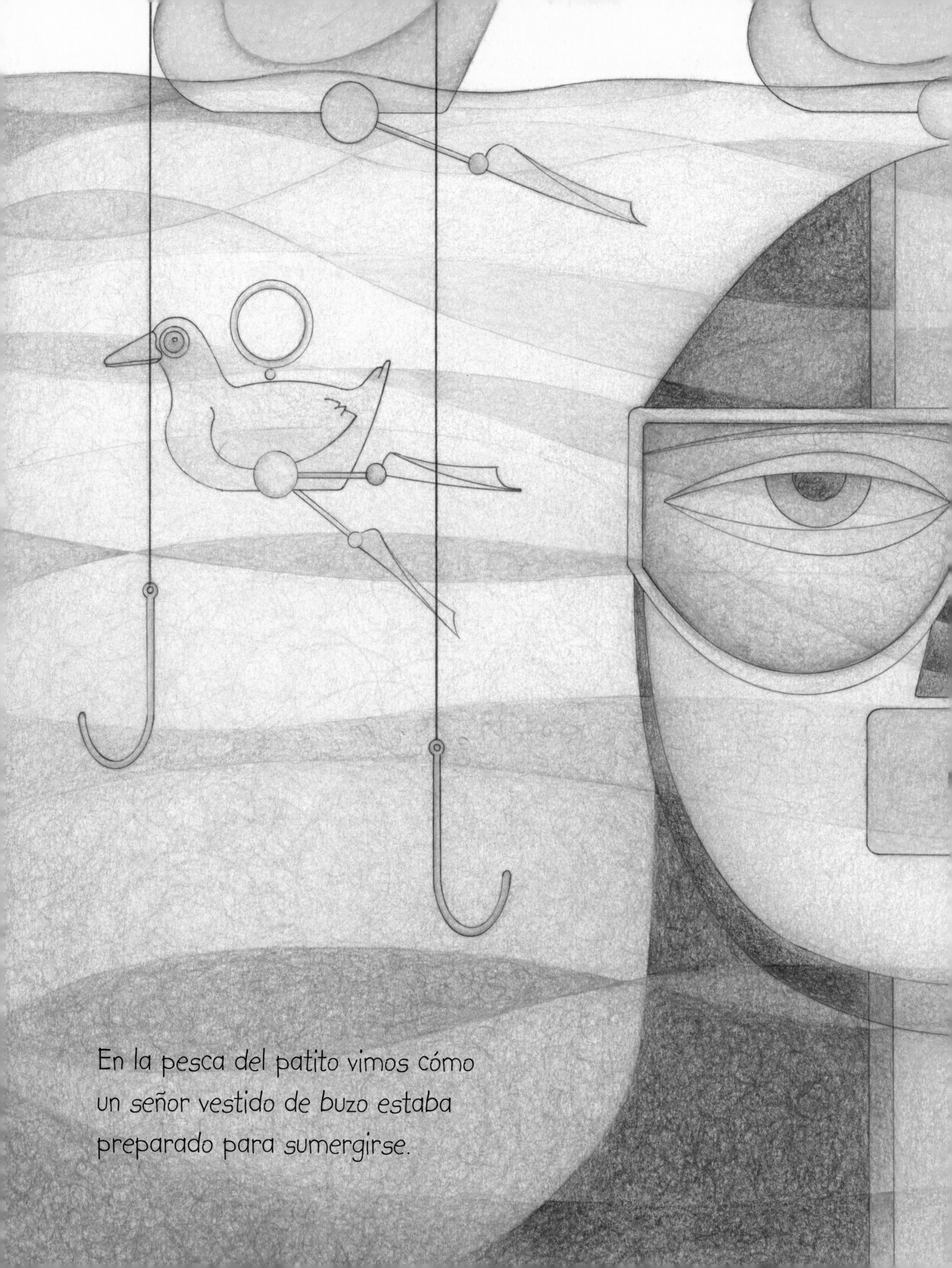

En la pesca del patito vimos cómo
un señor vestido de buzo estaba
preparado para sumergirse.

—Viene todos los días. Está convencido de que el patito con mejor premio es uno que no nada, sino que bucea —nos comentó en voz baja el feriante mientras nos entregaba las cañas de pescar.

No estaba seguro de querer entrar en el **castillo del terror**, pues soy un poco asustadizo, pero mi padre me convenció diciéndome que no me preocupara, que él estaría siempre a mi lado.

Pasé un **poco de miedo**, aunque nos divertimos mucho. Al salir, me contó otro secreto:
—Hay quien dice que en el interior del castillo viven unas extrañas criaturas que son muy pequeñas y silenciosas y que nunca vemos. Las brujas y monstruos que están dentro, con solo imaginárselas, tiemblan de

ESPANTO

VII
7

Nunca había visto una noria como aquella. ¡Era la esfera de un reloj gigante! Nos subimos en el número siete, el favorito de mi padre. Cuando empezó a girar, me dijo:

—Mientras estemos subidos aquí, el tiempo se detiene para nosotros.

¡Tenía razón! ¡Cuando bajamos pude comprobar que no había pasado ni un solo minuto!

Había muchos puestos ambulantes repletos de golosinas. Nos compramos algodón dulce y, al dar el primer bocado, sentí algo inesperado.

Sin tener que preguntar, mi padre me aclaró el misterio:
—Te estás comiendo un trozo de nube y en tu boca está lloviendo azúcar...

LOSINA

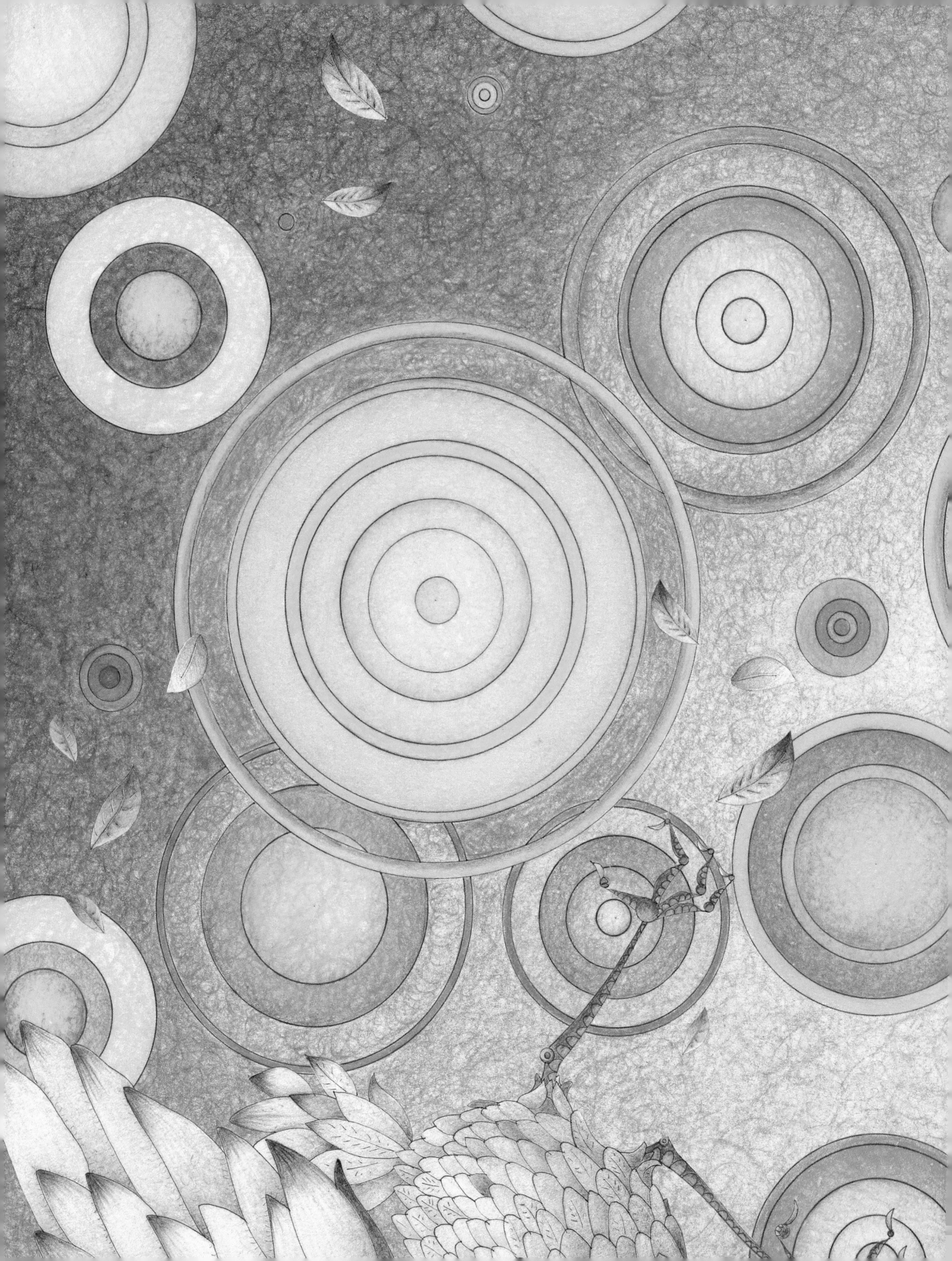

Llegaba el final del día y, antes de que
las luces se apagaran, empezaron
los fuegos artificiales.
—La figura que pienses se formará
en el cielo —comentó mi padre.

Y sobre aquella feria tan especial se dibujó mi deseo...

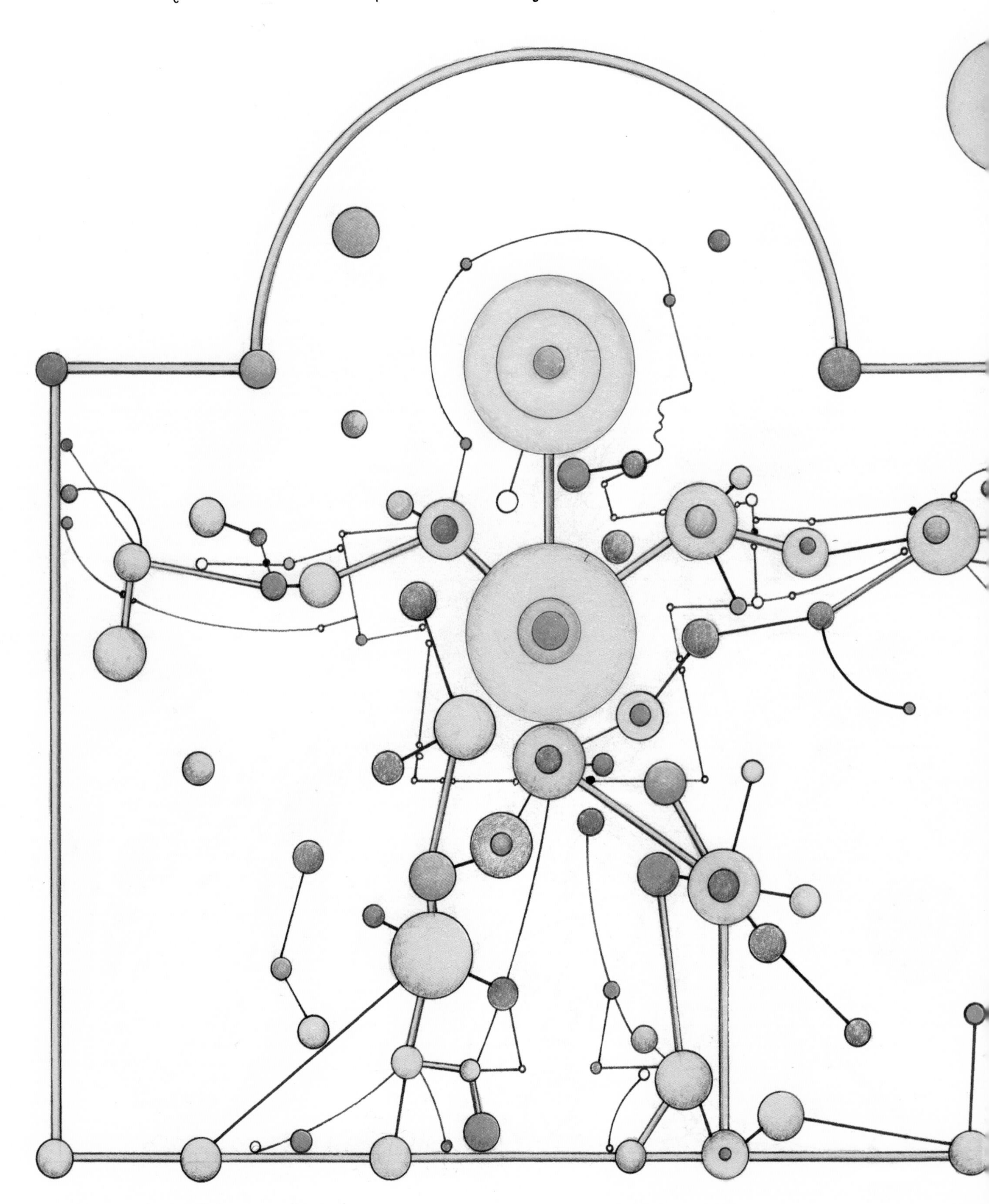

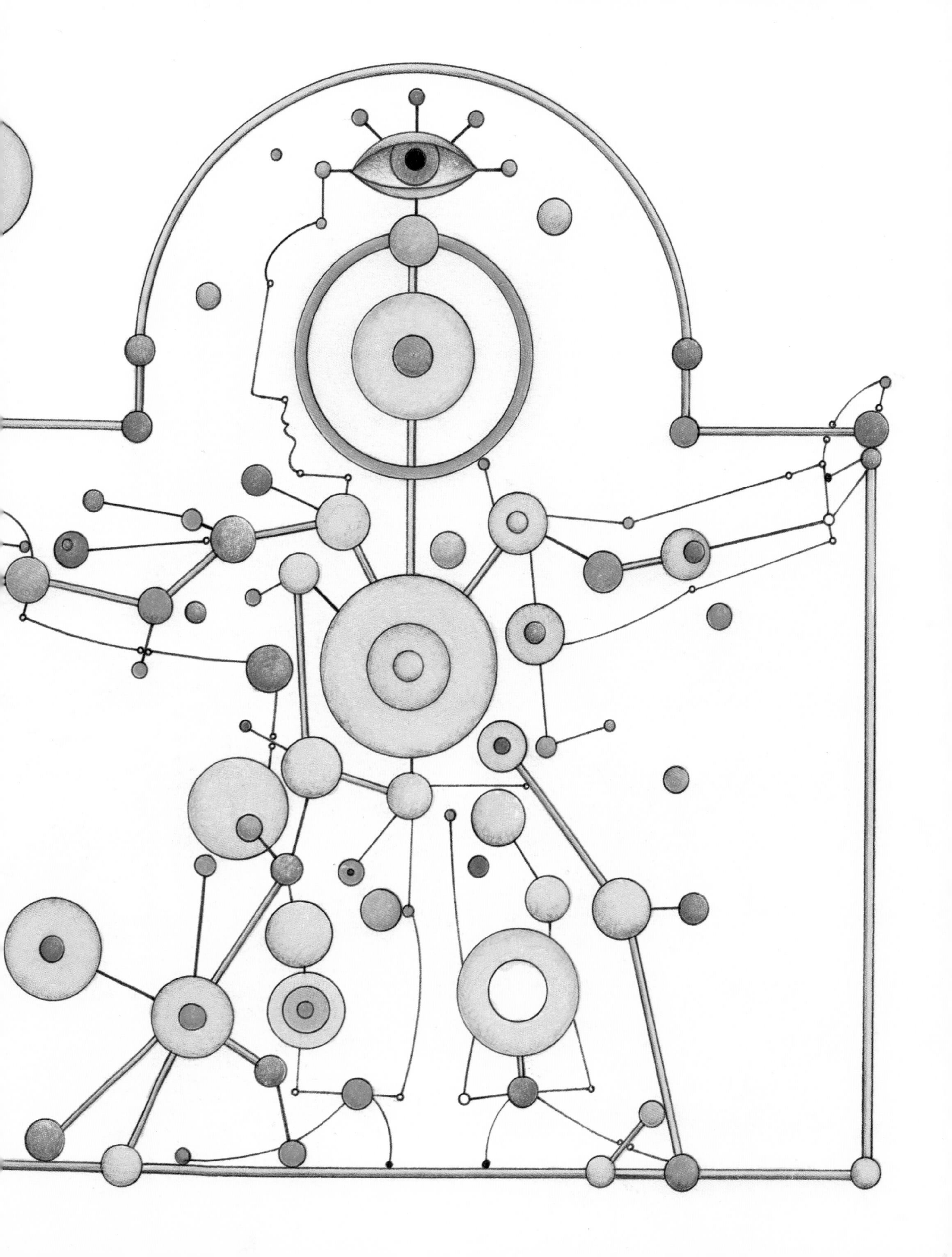